范伯子先生全集

范曾题

八

蘊素軒詩稿卷第一

桐城姚倚雲

送別漱芳大嬸

山雲透日不成雨曙色初開猶帶烟暫別忽如千里隔論交相憶五年前獨憐心矢姑冰志深愧囊無買酒錢此後相思何日慰愁看堤柳碧如川

偕大姊晚眺

何處鐘聲逐晚風碧天雲淨夕陽紅漁人隔岸弄明月白鷺銜魚出柳叢

夏日即事

殘夢鳥啼醒山窗旭日臨水穿新竹響山借白雲深蛺蝶爭花

浙西徐氏校刻

徑幽蟲吟綠林此間棲隱地何處覓知心

早起

清露微涼透小軒雞鳴月落五更天微風動樹殘星盡一片人家上曉烟

留別七姨母

極目江村暮靄橫寒蟬無韻颯淒清那堪更有明朝別黃葉沿江送客行

侍祖母游後湖

湖氣遙通樹色中石城晴日淡烟籠平蕪漸茁連寒水堤柳初舒帶朔風山竹暗添斜徑綠野花微綻短籬紅箯輿乘興瞻名迹興廢於今幾轉蓬

月夜

清輝竹外度殘螢池面風生約綠萍獨立閒堦忘夜久一天露氣蒼空庭

遣興

誰識幽居趣山童放犢歸詠花偕小弟煮茗說重闈螢火亂高下蛙聲聽細微閒來一登眺興罷掩柴扉

月夜有感

月照山窗露浸林淒涼蟲語盡秋音一從漢上鍾期去萬里寒光寄此心

悼姪女蓮

啼笑渾如昨重泉隔死生一年吾失望一病汝無聲夢裏猶聞

喚悲來見舊情可憐提抱處雙袖淚縱橫

暮春應七姨母命作午繡詩即以奉贈

新霽山窗下閒來事女紅葉深舒夏日花盡減春風慷慨浮生裏長歌聚散中自慚高厚誼送罷意何窮

寒夜書懷

舊迹經年幾變更小窗獨坐峭風鳴四邊木落寬原色不盡溪流送遠聲吾意何妨竟蕭索天君未許失清明故人別久無消息挑盡殘燈夢欲成

題庭隅梅花

爲尋好句獨徘徊始見庭隅放早梅知汝已將春事到殘陽斜照一枝開

夜雨有感因憶仲兄

沓沓長空數鴈聲夜窗獨坐覺愁生新詩吟罷聽山雨知有風濤阻客行

茉莉

瞑烟漸下碧溪頭獨倚欄干起暮愁底事又逢開口笑一庭茉莉四山秋

別荼蘼花

十年避迹白雲間曉色初開雪後山此別正逢春到眼落花一徑是誰看

殤稻姪兼慰三弟婦

最痛汝幼小生年不滿周豈知啼笑處翻作死生愁淚逐山雲落形隨逝水流强顏慰君思人事亦悠悠

喜潄芳尊者至

驟喜長懷慰欣逢麥熟天性情天所與肝膽氣能懸戶外古槐蔭堦前閒草妍陶然一樽酒已是別離筵

新秋閒望

四山雲物已成秋極目斜暉照翠樓梁燕漸思辭故壘江鴻初見到沙洲木樨檻外幽香發菡萏池邊冷豔收自起汲泉驚白鷺碧天飛處月如鉤

秋夜懷潄芳尊

殘螢度小閣曳輝明窗紗夜靜萬籟清空庭舒桂華輕霞籠新月積露潤寒花徘徊欄干下忽視星斗斜臨風懷幽人渺渺積

思遐遐思遐不可釋迢遞秋雲碧人生幾美景愼勿負佳夕亰晳
呼女童獨坐對方冊朗誦古聖言欣然有所適閒居可養志淡
泊遠心迹堦前素魄沈簷際猶餘白掩卷起挑燈良爲憶疇昔

送別二兄

奉君美酒盈金巵但爲盡醉勿復辭作客不須愁遠道海內交
游好寄辭獨慚無以贈行旅舒懷卑犖敢獻詩北去須知白髮
念南來莫使尺素遲後年桂子傳消息正是挑燈話舊時暮雨
絲絲楊柳塢春風葉葉桃花浦黃鸝紫燕舞春風水碧山青繞
江樹長天杳杳看歸鴻短夢依依聞杜宇功名早達慰高堂奇
才終當向君父丈夫抱志在乾坤安能躞蹀垂其羽珍重吾兄
善自謀別後臨岐愼辛苦

送三弟之江陰

幽庭盈積雪皎皎殘輝潔涼月挂疏樹似爲離人缺池冰解魚
沼爐火烹雀舌遲遲話清夜朗朗更籌徹欲餞芳尊酒共惜明
朝別清辰送子發冷露侵車轍春來始柳芽枝條不堪折繫纜
長江樓見柳應心絕尺書慰重闈遠致慈顏悅參差碧草榮崢
嶸青山列獨念川途勞勉愼風塵劣儒生任窮達勵志追先哲
豈敢四海心腸爲兒女熱

三弟以詩來索和答之

少小共游戲誰解別離憂長大爲貧迫馳驅千里遊賓鴻橫天
際翩翩逐同儔視此感我心何以釋新愁日出東山隅龍眠曉
烟收征夫催發駕珍重意淹留相送登車去此心良悠悠

既送季弟行期以經歲遠暮雪壓青山晨光明翠巘渺渺月餘思忽報客子反驚喜慰重闈壺觴慶歲晚骨肉得爲樂聚散良有已除夕薦芳尊共對如夢裏承懽白髮前繞膝孫曾喜側聽爆聲喧坐待晨光紫但恐開歲來復作遠游子

新歲直佳節是爾重經別生平常棣情戀戀憑誰說含涕問歸期期在梅花潔肩輿發已遠送罷心酸裂兩老舉目望（時外祖母亦在此）去久猶哽咽

嗟吾與季弟失恃兩相憐弱小共依依情好無變遷瞬息十餘載未結青山緣痛恨深聞質自慙子平賢吉穴在何方碧草徒芊芊茫茫天地間此恨向九泉每當風雨夜寸心常欲穿

窗明天欲曉枝頭鳴好鳥花片雨霏霏柳絲風裊裊行眺小園中郭外春山繞雲白橫林端烟青屯木杪時憶西山麓對景思少小偕爾啟柴關共愛山月皎

芳春逢佳日山水可適心良友二三子壺榼時相尋南弔季札墓北眺君山岑蹊花含妍態啼鳥弄清音雖懷鄉思多登臨亦散襟嗟我處閨闥遇景負春深遙念遊子樂短章繫飛禽寂寞芸窗下庭院日西沈

羣雀噪簷過斜暉挂疏枝綠蘭方披徑白蘋已盈池對景懷遠道臨風憶此時幕府肅清高春光上書帷詩書伸大雅文藻發英奇愧我乏優句遠慰風雨思安得桃花源骨肉永無離

秋夜偶題

更盡羅幃夢未成候蟲四壁趁秋鳴半窗月上疏枝白一室燈
浮小案青街柝沈沈雲瀲灔銀河澹澹露縱橫無端清思勞長
夜獨聽晨雞報曉聲

蘊素軒詩稿卷第一

蘊素軒詩稿卷第二

桐城姚倚雲

安福聞子規寄懷大姊

高柳依廊疏影低碧天清夜子規啼無端惆悵思千里雙桂樓前月向西

次大人試院偶成韻

竟日風光滿閒庭倚曲欄春陽如近夏宵雨不添寒苦茗爲詩助名山作畫看更憐千里意車馬未能安叔節三弟計偕入京

次大人韻呈夫子

朝來鳥語變輕寒日上幽庭且閉關時雨已青窗外柳春風吹綠隔城山文章得傍淩雲氣鍼綫剛偷半日閒深鎖爐香簾影靜任他蜂蝶鬧花間

次大人枯柏鵲巢韻

古柏何年種危枝入宿禽青森輕過眼孤直不同心近戶憐春色依棲弄好音榮枯終底事一爲歎消沈

和大人寄大姊三弟詩韻

風景三年憶故居爐烟裊裊雨疏疏春來望斷鄉關路燕雁迢迢未得書

楊柳風來籠碧烟豔陽花事白雲天思量紅杏樓前坐清話停鍼夕照邊

桃花片片柳絲絲小閣登臨起遠思暮雨燕山新客路朝華鳳啄憶君時

呈夫子

歲次在己丑其時乃孟春萬物吐宿秀草木剛懷新結褵事君子于歸賦艮辰同心欣靜好燕婉媿蘩蘋富貴安所重儒術惟可珍文章增紙價詩書未全貧林泉堪養志窮達任屈伸賢者固樂道超然遂天眞聞廸先世德始知堂上仁淸族傳盛澤孝弟昆季淳陋質雖不敏焉敢憚勞辛老親擇士艱十年得斯人豈惜絲蘿弱千里締婚姻足慰生平意氷雪誼相親少君躬出汲艮妻自荷薪續史承優召解圍對嘉賓懿行去以遠文采留經綸東風展羣芳日暖名花香靑靑窗前柳藹藹春山光暝烟橫翠岫庭際餘殘陽官閣一憑欄歸鳥淩虛翔纖月破黃昏寒輝繞曲廊疏星懸樹杪幽院起蒼凉靜觀生意滿美景皆詞章瞬息將三旬何時見高堂無違在夙夜勉力侍姑嫜欲穿望雲心迢迢川路長失恃慚婦職思之誠恐徨書此聊自勗勿作俚辭忘

次夫入試院酬唱韻

春深風日麗四山盡含輝苦惜韶光逝搴簾待燕歸白水繞城郭青天連翠微齊將春入幕更送風吹衣迢迢碧空際獨鳥亦翻飛俯仰欣所樂浩然若忘機承歡高堂暇退居自掩扉靈蟲解文思繞筆來相依物情能自賞人事不相違

次夫子韻

好鳥花間喚倒壺綺窗淸興未能無名山掃黛迎朝旭滄海澄波隱夜珠倦眼乍開疑是醉迴腸搜索豈爲枯憐君鄉思聽疏

雨撥悶哦詩興不輸

再次韻

風花盡入九華壺近日春深景欲無遙對山城歌慷慨閒看草木惜榮枯一宵蟾吐雲如綺十日鵑啼雨似珠卻病勉爲燈下課願將棉力爲君輸

次大人春霽韻

雨餘烟透遠山微綠滿庭前花事稀柳老愁聞鶯又囀籬成剛有蝶來飛新詩且盡三春日舊淚追思一灑衣十五年間恨長在慈烏繞樹不能歸

次大人夜坐書懷韻

速葉春蠶已可繅春還乳燕欲豐毛縱無雲漢乘黃鶴欲駕長川釣碧鼇詩境入微非畫得靜機能悟或禪逃老親公暇餘清興賦罷新篇旭日高

送別夫子

束裝歸路悅庭闈獨愧私恩婦職違遙對雲山空悵望相憐烟月共依稀銀河挂戶星斜度高柳當窗螢暗飛風雪待君開小閣莫將清淚別時揮

浮沈聚散只如斯憶昨佳期似近時半夜輕帆收水驛一春獨酒徧花枝愁看燕乳增惆悵怯聽蟲吟動夢思我本平生性疏闊爲君離緒強支持

六月十五夜寄懷夫子

清輝萬里抱城郭白雲縹緲天際薄遐思迢迢欲飛翻青鐙焰

熠燿寂寞流螢低飛光入幃蟋蟀淒鳴聲繞閣微風細浪漾池蘋冷露無聲藕花落空庭俯仰獨蕭條憶君孤帆何處泊

午寐

半掩虛窗一縷烟綠蕉庭院欲秋天香凝蕙帳成幽夢唬鳥驚回亦自憐

香卿向予索詩留為後憶因感賦再贈

涼月娟娟上碧空寒蛩秋老覺聲濃滿庭霜重摧衙鼓繞檻風多送寺鐘興會一時成感慨勝遊舊日逐飄蓬（辛巳侍祖慈遊於建康）他時青眼相思地應向殘篇憶去蹤

和三弟九日登鳳仙壇詩韻

歲豐社鼓起農壇蕭蕭秋風雁度闌千載仙蹤青嶂裏一時佳

侶白雲間漫憐勝日逢眞賞偶遇清時對好山籬落黃花同客意且持杯酒壽身閒

次大人月夜韻

天光雲影碧煙空露滴秋林夜氣濃坐久寒多偏戀月更闌心遠忽聞鐘滿山霜重丹楓落繞砌花殘翠蘚封此夕趨庭清話裏倚欄烹茗火初紅

秋日述懷寄里中諸尊者

郡齋得閒居高秋可俯仰身閒惜時清慮淡覺心廣菊華吐暮英芙蓉迎朝爽宿雨滴秋聲落葉墮階響殘陽挂楓林晚霞密如網詩酒追清歡坐看纖月上遙遙遠山青寂寂生遐想天涯有至言欲寄何由往

愁思不爲釋爲念故人迹斜月納窗白殘雲含岫碧露重炫花梢風定寒素魄迸起千里心何以慰良夕悠悠我思深迢迢遠人隔時有秋蟲聲向人若爲惜

次大人秋柳韻

憔悴中庭一尺圍霜條千縷挂斜暉寒蟬無韻將秋老客燕依人惜徑非五夜風過殘葉落一城雨斷嬾雲歸劇憐眼底婆娑意數點棲鴉夕照稀

送別大妹二兄

歲暮寒凝山雪白長江孤帆送歸客巵酒離堂餞遠行紅燭清樽對淒切盈觴且爲兄姊醉明日分襟與子別窮冬君鼓東歸櫂叔也新年循北轍痛我空懷罔極恩靑山望子安窀窆聚散尋常莫過悲夜雨他年話今夕話長更短雞已鳴揮手蒼茫無限情歸來小閣生惆悵賴有梅花相對淸

用三弟懷大子韻

靑霜涼碧月秋氣遍璇閨璇閨羅幙垂夢魂千里馳千里固非遙奈何勞我思心思不能寐輾轉憶君時梵鐙罩七寶靜契釋迦師木樨繞禪房妙香侵膚肌養疴蕭寺中蒲團坐正危驚風擊敗蕉颯颯終夜悲披襟視斜月心共秋雲輝孤懷安可釋且復寄幽辭好惡不相置豈復悲黃絲書來慰盼睫許我桃花期

送三弟公車北上

東風吹雁忽離羣遠岫朝屯郭外雲庭柳初靑吹縷縷壁苔漸紫自欣欣放懷感事乘餘興惜別深情倩薄醺金粟開時吾恐

去瓊林佳信望傳聞

春日漫題有懷夫子信筆書來聊以撥悶

綠楊三度發庭柯逐日風吹絲漸多惆悵夢囘人寂寞可憐離思未消磨

碧煙淡淡月溶溶穿戶幽光疏影重誰發浩歌凝我思悟心清絕五更鐘

漠漠晴嵐花有輝頡頏燕子又來歸多情舞盡殷勤翼奈此無心任汝飛

風囀黃鸝弄好音闌珊花事過清明綠窗不禁春光滿嗟我懷人負物情

欲陟崔嵬姑酌觥狼山迢遞海雲深柰嘉本自無情緒首疾空勞徐淑心

寄言珍重勉加餐客裏春深慎小寒良會悠悠隔江海思君惟向月中看

夫子之來也病將痊可喜而賦此

霜華滿院夜徐徐別恨能消一載餘千里道途新病後萬重辛苦到來初錦屏共話知何夕銀燭含輝復此廬藥物漸除餐飯進從今肩黛對君舒

奉題先姊大橋遺照

初生月魄挂庭木窗外莎雞噪深綠捲簾風定妙香來使我清絕忘榮辱堂高室淨多天籟燈火青熒秋肅肅清夜沈沈誦楚辭慷慨悲歌忘撿束停悲掩卷起徘徊聊爾披圖豁雙目嗟哉

此畫所繪誰萬柳淒迷塗其幅人間結境有許哀從來此事傷心目紙上傳心不傳眞大橋魂魄今何屬義爲一體不相親蘋蘩自愧爲君續甘貧樂賤非我謀不期富貴從君淑遺詩有惟應作賢者富貴不相期之語天意並許歸斯人紛華安得移素欲攬圖援筆百感幷寫我淒涼致我情人生泡影安足瞬徒爾哀哀清淚橫他日黃泉會相見眼前人事歸吾嘗會須憑弔蒼煙處慰爾窮愁老父兄

次鼠字送三弟歸里

送爾臨歧更無語枯腸轉轉如饑鼠又如哀雁驚風雨我未北歸君已東東方杲杲朝暾紅煙波萬頃看漁翁還憶當時各在童鄱陽歸路嬉春風揭來無限傷心淚都付寒江一櫂中

和夫子

梅姿雪色兩相幷官閣風微酒面平已是歡餘萌別思猶聞壯語長詩情爭流細水遙通樹睡態冬山曲抱城何事伯勞戀孤米碧天迢遞苦寒征

文章浩浩古人長快意雄風憶大王黃鵠不知天地遠黑貂應覺雪霜涼樽前邱壑資談笑眼底江山起病尪隔歲離愁定無限只今且復爲君強

次韻夫子四時詞

官閣陰陰垂繡幕百花次第皆舒萼樹隱日高鳥聲碎東風吹徧荼蘼落郎情未覺春光稀猶障輕寒護妾肌青山屋裏能爲黛不付佳人付與誰

黃梅初落餘春冷愁消樂到春還永榴花照眼薰風來芭蕉繞
室爐香靜曉妝對鏡自輕勻眉黛由來久不顰捲簾無限韶光
好都付吟風弄月人
暮蟬颯颯鳴修竹荷衣落盡波猶綠秋雲縹緲碧天高滿徑黃
花繞官屋晚來人靜閉香扃風滿欄干月滿庭與君笑樂吟君
句天外迴風送雁聲
山木凝寒溪水落屯樹微陽挂檐角可憐此日樂閨闈堪嗟往
歲寒宵薄侍酌微曛映臉霞醉橫青眼對梅花感君代寫經年
思萬種清愁付暮鴉

夫子以去影圖消悶自冬至至臘盡殆將五旬余時時具
茶果餉於馮君之畫室既成又治酒饌以勞之承命綴

和章於圖後

病後重來詩境饒更將陳迹倩人描不愁罔兩來譏景孰謂坳
堂弗可遙凍雪已平來日路寒雲深鎖隔城橋勸君邂逅尋歡
樂休爲平生不自聊
泡影浮生但可歌繪成圖畫又如何一生師友恩情重半壁江
山感慨多便學鴻光能舉案由來孔孟未登科寒宵有酒從君
醉狂語愁爲長者訶

雲不得已當從夫子北歸重堂白首告慰無詞而離緒萬
端筆難傾寫聊次社韻書呈大人

歲莫那堪別思饒愁腸九曲未能描官齋雪月年華迫故里風
花舊事遙自可素書通驛道豈無歸夢越溪橋近來已是無聊

甚短句書懷强自聊

俯仰庭堦眷戀多紙今作婦奈歸何猶思白下觀文藻無復山中學放歌浮世利名能不著故家賢否必殊科可憐幼抱慈烏恨老父相看未忍訶

和夫子贈伯兄韻並以奉贈

春水難量別恨盈分明遠嫁斷腸行萬行清淚悲無已一種傷心語不成簾捲朝輝仍憶昨窗懸圓月復愁明伯兄莫念長途味況已親嘗第二程

隨夫子登滕王閣

我離膝下悲不釋況復阻風三四日章江門外閣騰空乃是滕王古遺迹夫子慰我攜登臨快覽憑高爽心目春雲渺渺壓檐低楊柳依依當戶綠臨高下視塵寰小萬里蒼茫入懷抱朱顏綠鬢不常好文彩風流乃爲寶當年勝事安能討秖今寥落餘文藻離愁滌盡消煩惱從君共返家山道同舟酌酒但高歌試聽長江聲浩浩

奉和舅大人寄安福韻

脊令千里惜離羣風雨難忘靜夜分舊事痛膺思往日今期努力繼先勳雲連海氣潮初長波接山光草欲薰朝夕趨庭每西望怯將靑眼對斜曛

莫向鶯花憶舊遊棲遲十載亦堪羞有痕歸夢隨風杳無限慈情愛日悠井臼自慙需娣姒文章幸遇託公侯老親深感三年德膝下相依少報劉

畫閣遙知紫燕歸黃梅將落蕨芽肥庭前椿樹三春永泉下萱
花五夜悲白髮凝思舒望眼青衫餘暇盼斜暉明年得鼓章江
櫂岐路雖長願可希
舊歲閨闈擁翠嵐一庭花氣撲窗南秪今繞膝承慈愛當日怡
顏憶侍談閒譽懷慙誠自恐誦詩得妙偶相參吳興薄宦淸貧
慣椎髻長裙性所酣

夫子去歲孟冬復來甥館以歐公四十四韻作詩相贈歷
陳病中艱苦雄文健句字字酸辛倚雲覽之涕下不能
和也開歲隨夫子歸謁舅姑而夫子橐筆北遊以應李
相之聘秋杪吾又隨伯兄歸寧舟中小暇追述別後情
辭次其元韻語質無華不自知其美惡聊寄津門一破

客中之悶亦因以道舅姑隱衷云
憶昨送君時風光正春日別離那可論此心良忽忽雖有千萬
言心悲不能出深恐擾君思迴腸忍淚沒自君遠行役承歡雙
親膝黽勉敢憚勞夙夜懷懍慄初來未盡諳兒女相輔弼慙惶
提斯心安得往時適風月非無趣每每看令失時或有佳致十
不能得一感念高堂慈遇事必寬恤有時憐其長命之和新律
亦欲博親歡苦思眞咄咄流光何迅速夏去秋風疾相思惟自
知烏能向人述忽得桐城書靑山已卜吉覽之涕交流豈敢望
歸必老人竟頷頭許其返蓬蓽又得津門書周旋語意密極論
劬勞恩去日若鞭扶汝心苟不從遺恨當斧鑕故爾辭兩親脫
身不用乞在道感君懷反復視君筆憂思安能已徒有淚橫溢

君誠不自聊尚恐吾心鬱何以報深情珍重爲君匹倦極入幽夢相見在髣髴忽爲晨鐘醒勞生待誰嫉茫茫大塊中爾我定何物好留泡影嬉祇待白頭畢從兄復登舟亦任風濤颶萬里若乘槎蒼茫近太乙雲際山迢迢楓林秋瑟瑟寒沙羣雁嗷荒渚幽蟲唧皓月一周天片帆抵官室悲喜涕重闈親情繞諸姪舊日閨閣中妝臺盡散佚芙蓉尚含苞丹橘猶結實依依我親傍留連復惕怵聊慰罔極恩寸心終自劾且復愛年華新妝待君櫛翺翔好致身憔悴嗟吾質不然陶翟耳吾豈慕高秩堂上七十年人情三百紱

寄大姊

楚山未向客中青二月風花被雨停昨夜春雷驚不醒夢魂飛

過大觀亭

蘊素軒詩稿卷第二

桐城姚倚雲

次仲林韻贈吳至父先生

風月溪山在我傍煙濤海嶽忽他鄉平生有託成眞感詩境無華入老蒼滿地關河相悵望一天興會未消亡莫須放櫂津橋畔樺燭清宵淚幾行

先生健者復婀娜所學眞能不畏訶夫壻平生甘下拜小郎才思已無多茫茫客路嗟何著杳杳長天幸可歌携卷他年各歸去得錢誓買碧山阿

題梁淑人傳

旅館蕭秋高窗明淡晴日征鴻辭我南客思眞鬱鬱忽有青雲

士造門贈書帙夫子授我覽東河許公述嗟哉梁淑人懿行爲艮彌辛苦平生心死去恩情絕情絕將如何斯人同落月我亦有心哀那復能舉筆以此增悲愁愁深不能失去年度章水歸問大母疾慈顏不忍思棄養於官室覩傳傷我懷純德正髣髴福慧宜一家小心自危慄揮毫且弔君吾恨安能畢悠悠存歿間感慨淚橫溢

再題二絕

窈窕嬋媛並世嫺衹今素骨屬青山傷心第一山前月曾向南樓照露鬟

環珮能歸夜月清莫將遺恨悼瑤英人間多少兔絲草盡向靡蕪山下生

次夫子和李伯行唐花韻

十年奔走湖山傍登山涉水尋常四時花卉常過眼萬事如夢隨風揚只今飄忽度遼海伯通廡下聊借藏初來北方愁苦冷飛塵漠漠同雲黃風定雲開亦晴霽但見瑩瑩冰雪光君歸備述賢公子筆陣橫掃無人當不對名花沽美酒自有淩霄逸興長此花富貴本有待眼底絢爛徒羅袂蠅頭細人奪造化一朝捧上公侯堂我自清貧亦不羨那有黃金可解囊金屋銀屏誠足貴吐艷非時安得芳誰憐孤館空庭際獨有寒梅傲雪霜

和夫子用山谷韻

君詩縱橫瀉自口何以酬之酒千斗蕪館蕭然夜閉關清境一過何時還勉力唱和博君樂豈望留傳於人間清風吹幕月痕

上鐵笛何人發深賞南斗依稀北斗橫燈火萬家歌繞城苟能遂我還山志那羨蠅營逐世榮琴書消憂堪仰止高哉有婦於陵子從君小隱公卿裏北窗能咏亦自喜斯文磅礴大才難細響卑卑不用彈三年夢繞江南道一別林泉遠莫攀誰知擾擾津橋下亦有閒人懷海山

再次前韻寄六妹

苦爲伯姊思皖口南望離離但星斗憶昔清閨共掩關事去思來腸九還君今寥落故鄉裏我獨流蹤東海間昨見庭花燦枝上今時零落誰復賞以茲橫涕感慨生名花自古傾人城但願骨肉能相恤豈待富貴而後榮人生百年只如此我獨悲君還望子父兄相繼來里閭閭道平安動色喜君不見世上悠悠知

者難縱有瑤琴不用彈寄言火速開懷抱枳棘榛榛未可攀他年歸問龍眠麓壺榼相從遊故山

吴二嫂屬題二兒遺照已三年矣炎夏稍閒四疊前韻以寄

三年屬我題斯圖念之在心不在口世上錢刀安足論恩義從來重如斗嗟哉奇才殞少年腸斷空閨永不還隨風茵溷我來晚形貌識之圖畫間憶昔扶搖九天上一朝得意萬人賞長安大道春風生文采聲華動帝城錦衣自謂還鄉樂豈料木槿徒朝榮大義所關那能已愧我今為螟蛉子哀哀白髮恩勤多自覩慈情不忍言君不見女子身如膝上絃絃斷續膠仍可彈男兒九鼎重到死碧落魂飛何處攀可憐空灑無窮淚草樹淒其

化石山

和夫子四十自壽韻

寅子同初度從君俱客中舉觴憐寂寞對景思無窮飛鳥雲間疾吟蟬樹裏訌百年莫相負放眼碧天空

居傍池臺畔常懷借隱心但存衣食計歸聽棹歌音言詠貧慚筆論文不事鍼故鄉有邱壑他日誓追尋

四十飛騰日淩雲筆不停秋蟲兼葉落寒露帶花零愛惜一痕月相思五夜星他時好歸去黽勉共趨庭

經歲停車馬自憐身暫閒棲遲慚娣姒歡笑北堂間興會無端集思親有淚潸徘徊向南望雲水阻江關

二子何時見迢迢勞我心遙憐風月夕應念海山深此地長修

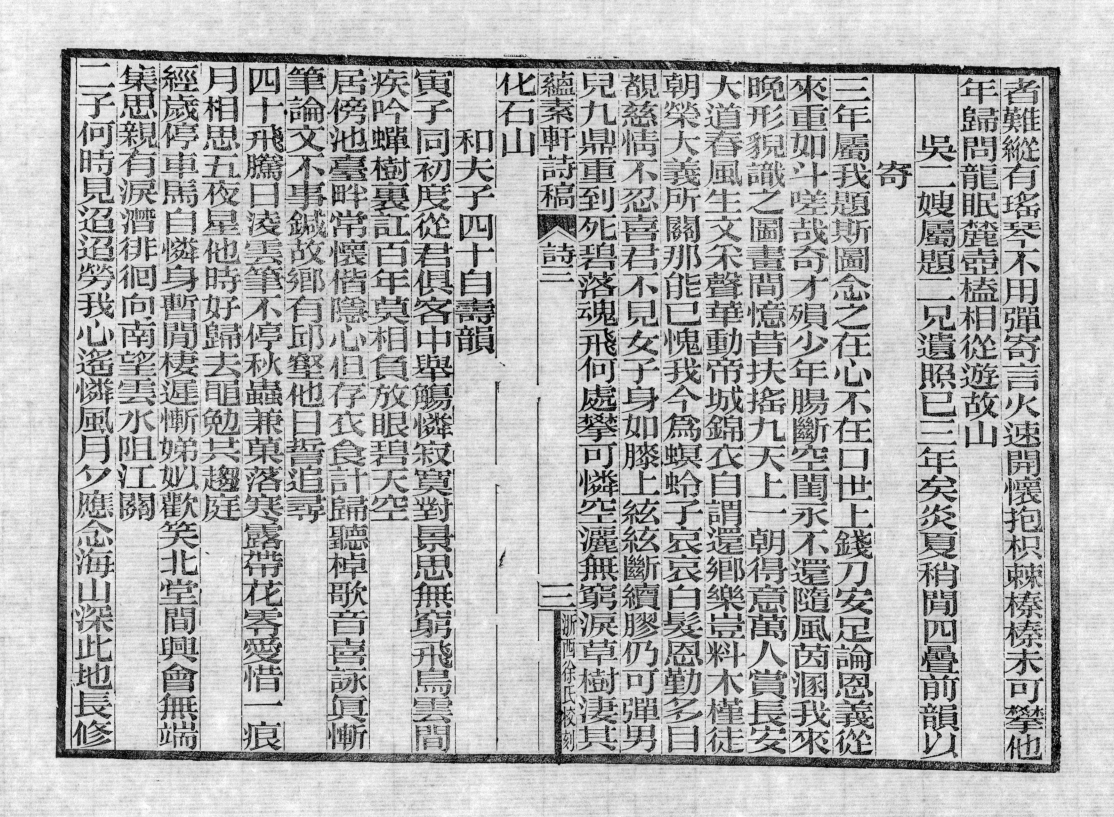

竹故園多茂林清宵那能寐惘惘曉星沈
此日如相負異時那可希病多詩漸少睡好靜偏宜花小媚亭
側秋高愁海湄誰能耐勞瘁天上莫麟兒

夫子次三弟秋懷十首而命倚雲和之得三首而爲俗務
所稽因循數月冬日小暇復成七章

秋氣鬱海山靜坐聽檐雨蘇蕙今不見巧思傳機杼舟車十年
間哀樂那能數且復安棲遲曠懷捐喜怒
隅悲秋思故鄉我懷幼嬉處眠食未能忘
挂車不可見寂歷谿徑荒金風正蕭瑟舊雨空蒼茫父兄客海
安得十畝地與君同歸耕倘徉山海間豈慕官秩榮親庭不得
侍迢迢望雲深坐惜庭日短吁嗟遊子心

颯颯檐風緊推窗雪滿院高吟斗室中慷慨復掩卷君子少所
求小人乃多願翛然樂吾生得失安足怨
客子苦憶家養親戀微祿離披傲霜枝經冬有寒菊人心長波
瀾世事那可觸苟存衣食資山川潛骨肉
勉哉吾二子重堂授經方愧我手中線寄汝身上裳洋洋滄海
青漠漠風塵黃努力誦詩書汝親鬢已霜
有姊在龍眠茫茫千里道人事不稱懷辛苦形容槁對此孤月
清天淨碧如掃呼童沽美酒爲君一傾倒
墻隅盈積雪寒月與分半俯仰樂隅廬不覺年光換君課猶未
歸垂髫女有伴清絕獨梅花含香供展玩
孤高吾姨母錡操抱貞歸青燈伴寂寞冥坐思無爲餘生同秋

菊澄懷向碧池平生那可問熱血付與誰
請看翩翔鳥飛飛不羨仙舉翼投南去饑食清溪蓮動我萬重
思沈沈心欲穿何時鼓歸櫂牢結青山緣

為大兄題鷗影圖

西山

汩沒風塵裏開函舊徑存繁花紅滿院平隴綠當門樵唱出雲
杳漁歌和水喧悽悽十年事飄忽為誰論

三芝庵

衆嶺涵奇秀孤峰入太清深春猶雪積傍夏已雲生淲淲溪流
速輝輝皎月明怨恩多少思破夢聽鐘聲

曹岡

八逐升沈散存亡廢草堂桃花濃暮雨桐葉醉朝霜艇賣鮮魚
美村沽薄酒香可憐俱是夢回憶膹蒼茫

樅陽

水遠山東岸歸人且繫舟暮雲平野樹斜日偏清秋小市旗風
展荒洲荻浪浮悠悠百年影得失亦何尤

東城舊宅

鐘韻軒前竹別來長幾竿春城花撲發秋苑木彫殘彩戲弟兄
樂相承大母歡慈顏今不見援筆淚辛酸

安福

侍宦安成昔訟稀閒簿書烟輝金芍藥日麗木芙蕖捲幕迎涼
月開軒做燕居老親昏定暇觴詠趁公餘

鳳林橋

五載棲鳳喙何嘗識此橋長河繞烟郭皓月挂清霄發我無端慼誰憐有盡宵阿兄抱雅興攜侶試吹簫

湖口

滾滾鄱陽水滔滔送歲華江干人眺倦山畔鳥飛斜雪擁凝雲氣風颺攪浪花上流乘櫂者來往若還家

大子和陸魯望漁具詩以皮襲美後五首相屬

魚菴

江干結矮屋守魚爲生事寂聽艮苦辛飽煖無餘志浩浩萬里波日夕朝東逝那解山川靈徒供詩人致

釣磯

宦途羨釣磯今古如斯說富貴與賤貧勞塵逐涼熱安得泉石人烟波自清絕獨憐嚴子陵披裘弄風月

蓑衣

綠蓑荷烟雨高歌春江澤蒼茫孤鷺飛霢霂少行客霧合失歸村風高浪頭白草衣有高名湖山失深碧

篛笠

縹緲朔雲飛釀雪寒風急紛紛載帆艇葉葉乘潮集冥漠江天沈黯淡山容溼此人疑獨醒俯首自荷笠

背篷

幽人悟機理所製亦奇巧竹竿靑籊籊潭水深窈窈長歌山海間不爲榮利攪走宦低首餘何如背篷小

蘊素軒詩稿卷第三

蘊素軒詩稿卷第四

桐城姚倚雲

夫子命題薛次申觀察枕經書屋畫卷

宦迹餘經史平生一片心書能遺世大人更與山深樹石環廊苑樓臺倚曲潯誰憐遼海客慷慨獨長吟

不識鎖江處峯巒到眼妍好留三徑地領略四時天雲影揺緗帙月華侵綺筵宦場迴萬劫此意惜前賢

武昌雜咏

邂逅年華迫淹留意興長禦寒聊以酒感寓獨成章人事一江水浮生幾電光近聞滄海上烽火陣雲黃

且爲親情住棲遲鸚鵡洲風屯漢陽樹月滿武昌樓勝地寧相負冰天好記遊孤吟但自遣於世又何求

快覽晴川閣翻憐歲暮中微茫涵淡日嗚咽展長風浦遠村煙白江深夕照紅殷勤主人意歸路感無窮

獨抱平生慨登臨適所之古臺徒有迹喬木又何知不見當時傑空悲往日詩欲窮無限思湖水自澌澌

遣嫁孝娣書以勗之

百兩霞軒奏樂音將迎之子洞房深愼承巾櫛人間事抱痛荒邱泉下心遼海三年吾愧訓楚江一別汝悲忱臨歧忍卻千行淚灑向冰天獨苦吟

還鄉有感因用仲兄韻呈姨母

勞役頻年復故關自憐華鬢損朱顏莫驚海上風波險獨感人

浙西徐氏校刻

問興會艱一地輝沈花弄影九天露浸月成斑徘徊漫拭淒涼淚喜對當時滿眼山

從夫子遊狼山歸而戲爲長句

跳珠日月摧華年薄遊南北常更遷自秋歸來近一載心煩思拙家之緣陌上落花已如雪可憐辜負春風天又值陰陰夏木長誓探幽興登層巔一塔孤聳出雲際一江廻合如長川臨高下視衆物小極目片片惟沙田照眼雲光暢磨洗頓脫煩囂覺浩然嗟我微生惜其影造物由來那得全與君百年慎莫負有如池水投青錢天地清淑本自在要能領取殊凡仙君纔訊我石鐘勢較若此山誰後先名山鍾秀各異態自有奇氣何愚賢興闌思倦各歸去望海樓中稍憩延我留不可乘輿返君留小住權談禪布穀聲聲啼不竭田蛙閣閣鳴相連喬林飛集羣鳥噪平蕪漸沒朱輪懸遙看燈火滿城郭蛾眉新月方娟娟

同夫子和顧延卿見貽原韻

公等赫赫聲譽早我獨怡情詩境小適心何用世有名眼中惟覺溪山好景風吹雲作波瀾忽變奇峯常縹緲大圜運化無停機靜者舒懷觀衆妙境來順逆保其眞理得何煩心悄悄澄澄巨鯨潛海底忽乘風雷起鱗爪大器抱材終有用遇合尋常百年了上相周流窮五洲辛勤不羨天邊鳥時問舉目望高明無際青空何杳杳莫因興廢感榮枯宵露瀼瀼在原草來日艱難未可知歷劫不磨始爲寶君之朋儕只顧吳學行如斯心暗倒定論千秋自不誣眞僞風塵徒亂擾我亦何關儒術哉祇願與

君善其老

題顧端卿小影

舊感新愁欲盡揮碧空有鳥帶雲飛憑君兄弟知風範恨我平生不傍依且喜畫圖留影在莫嗟人事與心違可憐無限孤清思栢節松筠對落暉

同夫子爲徐積餘太守題王淵雅夫婦合璧卷

人生處一世愁多歡情少況當中年餘百慮來紛擾良辰偶得閒莫被風花惱快雨灑蕉桐素爽入襟抱明窗試披卷微坐觀墨妙文章固所珍合璧更爲寶女子貴其遇屈伸安足考不美昔之人我亦得偕老蜉蝣天地間各盡生機巧達士作大觀俯仰萬物小晨興覽華髮自傷容顏槁著文以永年前迹非草草

請看數公外百代淨如掃

吾與硯香夫人神交十年將歸海寧招余來滬相敘小作句留作此奉贈

與子心期已十年江湖憔悴各風煙今朝握手華堂上喜訴平生又愴然

詩興蕭條酒興闌到來懷抱爲君寬寒宵莫話滄桑事銀燭金樽夜已殘

興會當年憶舊遊如龍車馬海天秋登樓莫負千杯醉墮地平添萬斛愁

大雅由來舊典型感君爲我眼垂青最憐小閣傾談夕花落閑階月墮庭

滬上行

王氏伉儷好風雅招我來停滬上駕曾是悤悤逆旅餘華髮重來就官舍車馳馬驟碧天高絲管入雲凝九霄萬里勞人勿嗟歎到此能令別恨消燈月輝輝夜杲杲潑眼淸光淨如掃梨園子弟演興亡青樓少女長姣好與君且復登高樓能醉莫辭消積愁會當快意豈易得相顧韶光皆白頭酒闌日暝興未已驅車再作名園遊亭臺壯麗盡精妙曲徑雕欄依水流珍禽棲樹獸在野花木燦爛交明眸嗟爾大鈞無停機宇宙由來誰是非揚眉擊劍空慷慨倚檻和歌志不違丈夫何必悲身世擧動無爲靜者譏況復行止如藻蘋聚散因風迹又陳遨游莫負五湖興彈鋏公侯爲食貧苦將人力奪造化可惜江山已失眞卽今載酒豪華客舊是山中泉石人

同夫子過焦山感舊次韻

賞心何者平生事甥館安成興會酣舊迹皆爲今日淚獨憐酬和綺窗南

與君同樂復同哀明媚江山百感來苦爲饑驅未能隱五雲何處有樓臺

懷葉氏從姊

昨宵一雨長池波無那秋來感慨多休問挂車山下事當時顏鬢已消磨

夫子弔於江右乃余少時侍宦之地今吾　父没矣夫子以詩寄念感且涕零步其原韻

秋深肅霜露木落槁山容正憶添新作詩來悲舊蹤世艱成晚象十口警朝饔死喪枯吾淚生機獨子從有親長已矣無術說橫縱回首趨庭日清宵夢不逢

和夫子酬江太守原韻即以寫懷

春曉看花發聲酣枝上禽且娛今日眼消盡昔年心興會乘時有親顏萬古沈與君同此恨餘景好追尋

少日韶光去臨妝惜鏡臺春鶯愁裏聽秋雁夢中哀縱有迴文思終輸作賦才一尊杜康酒悲喜幾回來

世亂憐吾弟饑驅難隱居離鄉羨歸鳥謀食敢求魚王氣終還在昇平未必無粵東春正放風日廣吹噓

師曾以菊華遺影徵題有所感懷援筆為賦

柳絲花影後先來紙上秋姿黯淡開慟汝芳形成化物嗟吾世味入寒灰曉風和淚吹殘夢夜雨乘愁訴斷哀多病亦知顏鬢改餘情無奈幾縈迴

和三弟憶西山原韻

坐看寒潮上海門忽然回首憶山村迎窗麥雨千畦潤入戶松風萬木喧攬鏡怯窺今日鬢聞鐘若悟舊時魂天涯兄弟維珍重勉爾加餐慎自存

思歸不得用夫子韻寄二兄廣州仲林河南

三年不見能相憶湖海風塵亦可歎聖詔幸傳今日政敝廬難復昔時歡山河春到寰中暖琴劍悲來客裏寒華髮共期各歸去故園芳樹待同看

曉窗即事書悶和夫子韻

曉窗渾不辨陰晴旅燕歸飛意自驚莫恨年光祇虛擲欲將色相證無生朝開淑日推雲氣夜聽迴風送雨聲眼底滄桑偶然爾海波終古那能平

贈阮續靑即和原韻

雪銷霞綺爍新晴筆妙傳來盡可驚識與苗張爭後起才如歐薛是天生故家蘭玉添新詠憂國蘋蘩有變聲我亦服勤稱先意祇應門閥愧韋平

淸宵獨坐忽見案頭　先君遺詩泫然泣下步門存韻寄三弟

曾侍親遊駐北門棲遲廿載海邊村空庭着想月逾冷禿樹無聲風自喧夢裏猶揮三徑淚客中誰慰九泉魂哀哀此恨成終古遺迹空教手澤存

用韻贈劉秋水兼示阮續靑

平生歷江海迴環老征裝忽覩明秀姿使我心魂涼譬彼擷芳草當春颺眞香造物本無情何處求仙鄉惟以厲所學來日方綿長女子患無藝豈曰不能翔世態空委蛇政治悲羔羊廣廈不造士女師更渺茫英年貴自立積學如積糧嗟我事米鹽辜負書盈牀四十頽然老結想徒徬徨徘徊中庭夜明月如秋霜

癸卯還鄉感呈伯姊

共看雙鬢惜勞身情話尊前豈有因極目雲山增舊感傷心寰海泣新民花明靜院幽香馥水溢春池泛嫩蘋今日相逢須盡

醉聚中猶是別離人

三弟悼姪女結弟以詩余愴然和其元韻

依稀曾記四年前見汝尋花立小軒往日悽涼成夢境今朝黯淡腹啼痕憐渠慧質空乘化嗟我悲懷與有恩辜負汝親爲憔悴每逢寒食一招魂

葉氏姊招飲席上感賦贈章佩芬

湖海歸來感慨多生逢亂世何時泰空悲華鬢無由元悽涼舊迹安能繪樹影婆娑斗室中春雲縹緲龍山外花態嫣然山態清水如環佩煙如帶與君把晤眞恨晚鴻爪何緣作良會今夕清輝照綺筵他年風景思無賴茫茫後事誰可期只餘皓月常晻藹

疊韻酬佩芬兼示佩君

大雅傾頹女權墜坤道能開吾輩泰故鄉山水足清娛欲把天工倩人繪送春轉夏煩啼鳥幾點榴花明竹外微雲障月似霞裳風掠芳塘舒荇帶君言才調擅劉女令我遐思到吳會莫嗟寂寞送浮生幸有詩書常倚賴共君酌酒且高歌起看天際橫蒼靄

寄懷君佩雯飛

老去孤懷爲國傷救時無術意徬徨但期鋭學如潮長莫遣柔情遇物妨貧病我藏危世拙飛騰汝競少年強海隅能被文明化比似山中日月長

秋門由濟南郵寄日本宇治茶以詩徵和余以夫子病久

不爲詩聊用此韻答弟客中之意而已

正憶山東與粵東詩來蕭瑟雨飄風遠貽佳茗從何得製出扶桑便不同健句乍醒衰病眼芬香喜滌積愁胸他年棠棣相將隱漫煮旗槍活火中

夫子肺疾漸愈私心稍適偶作短章以博一粲

寒風透幕纔知勁喬木蕭疏葉脫林杲杲日光入病起鬖鬖素髮老來侵危機世局空成憤厚味詩書獨戀心健飯祝君常勿藥江湖挈我共長吟

侍夫子就醫滬上候輪旅舍酬其見示原韻

入病深愁那有邊求瘳願速慮時遷風號曠野搏高樹雞唱寒宵漸曙天已去韶華悲舊日覓來靈藥可長年江干旅舍聊相慰漫擘雲箋和短篇

蘊素軒詩稿卷第四

蘊素軒詩稿卷第五

桐城姚倚雲

哀詩二十首 并序

蕭瑟金風，百感難消今日；淒涼玉露，千端怯憶鄉時。援筆書來，寫我哀思無已；引杯澆恨，哭君碩學徒宏。已矣斯人，文星於茲運絕；傷哉棄我，餘生難待精消。痛至於斯，萬難自已，聊寫哀詞，以誌余悲。

醫學中西孰劣優，衞生無術愧推求。兔毫莫寫吾心慟，此慟綿綿到死休。

情協金蘭太可憐，廻思去影淚如泉。唱隨十五年間事，今日何期化作煙。

行年四十雖云暮，顧影煢煢悔獨存。惟有梅花知此恨，冷香和月伴黃昏。

風雪歸招愛國魂，雪光慘照淚光深。最憐第一傷心事，辜負生平教育心。

琴瑟因緣文字師，永懷冥感寸心知。米鹽畢竟能妨學，朽木難雕悔已遲。

庭院淒清秋鶴飛，可能夜月有魂歸。閨中枉卜他生願，不道今生願已違。

最憐素志未能償，知道泉台隱恨長。危世病軀徒棄我，自嗟雲鬢亦成霜。

負言默愧黔婁婦，不學無辭可諡君。俊弟佳兒可傳學，好留名

世擅高文（君嘗言吾歿後必得子誄之承鄉里諸君子謚曰孝通故未易）

咸頌先生孝且慈鄉邦婦孺盡能知文章氣節千秋業叔子空留墮淚碑

言笑叢中聲總酸退居寂寞淚闌干遺文賸稿猶橫案觸目淒涼不忍看

平生肝膽傾豪俊畢竟窮途仗友生感激遑濱臨命際眞從生死見交情（喪中一切皆賴張季直劉一山白振民三君之力）

興學鄉邦不伐功濟人利物意無窮彬彬文質遭時厄德惠維容柳下風

千篇佳句抗蘇黃健筆雄辭追盛唐慷慨悲歌今已矣祇餘才調發清揚

夫子文章信可傳澄懷至性未能言彼蒼豈有眞天理何事偏慳仁者年

任從毀譽獨存眞大孝終身但慕親默抱宏才輕利達勇於爲義不違仁

襟懷磊落如秋月富貴從來淡若雲正喜倫常堪並美人天誰料已先分

師友聞中已不能蕭蕭夜雨那堪聽此生有恨無人識寄與揚州阮續青（續青生平所遭大概與余相似然窮通大不同矣）

媳賢孫俊可紓懷莫釋余心一段哀寂寞虛窗難自遣夢魂夜夜繞泉臺

亦知短晷吾將盡未了餘生可奈何夜雨怕吟花落句淚痕較

比雨絲多（庚子見示詩云正以海渾魚欲逝惜兹花落鳥難鳴）爲誰娛樂爲誰辭永感人琴廢賦詩薄命不期余後死且從絕筆寫哀思（余誓不爲詩故云絕筆）

和易仲厚見贈原韻

我生遭死喪性命寄遊絲哀悲且爲君初見如舊時自憐偃蹇質慚對瑰瑋姿願結忘言友學問何常師世危悲至道子獨懷良知虛名辜負賞使我生畏思結此金蘭契譬彼棠棣枝他年倘分袂愼莫負心期

秋夜讀飲冰室文有感

壯麗山河世事非空悲女德太沈微維新孰是眞豪傑守舊今成浩歎欷生此未分淸濁世聊因先解利名圍米鹽送我尋常老愁對高秋痛淚揮

同人邀集水心亭小飲余有深感即席步舊韻贈之

昔景無殊今事非紫瑯山影望依微諸君盡是當時彥賤子空懷往日欷淡淡輭風花徑邊差差春水草隄圍公私一擲傷心淚欲向樽前放意揮

聞仲厚述其姪女孟孅之聰頴惜吾未得見今從仲厚案頭見其書言願從吾遊且其詩有出入頭地之資喜而次前韻寄贈

心灰若槁木興盡如繭絲自識爾諸姑醒我迷離時吟爾芬芳句想見窈窕姿千里從遊意學問吾何知苟不負詩書求之有餘師迢迢隔江水英妙繫遠思嗟彼靑松幹未若玉樹枝今世

吾已矣他日誠相期

贈孫濟扶

俊逸丰姿孫濟扶天風吹墮海東隅青山放旭昇朝日碧海瑤光吐夜珠發達妙齡君可畏坎軻身世我何辜萍踪他日如相憶回首崇川記得無

酬易仲厚武昌寄懷原韻

一朝喜遇金蘭友小別猶懷情見辭皎潔秋宵今莫負海天涼月碧梧枝

黃葉飄飛草不薰白楊蕭瑟哭秋墳可憐興會都消盡今日舒眉御爲君

哀傷歷盡鬢成絲清露瀼瀼夜漏遲共惜生平憐小聚秋窗斜

月讀新詩

贈別孟嫩

扶海望龍陽遙隔青天外此中山海交源脈環如帶飄忽遇培風萍踪偶聚會爾慧出人頭爾姿傾塵壒一載講室間切劘共相對教授吾不敏頴悟爾爲最我之與爾姑契合乃道泰推誠結之交率性存仁愛學術惟汝期老病吾焉待嗟哉生不辰時命皆違背悲歌濁世中徒發千秋慨別後汝自珍興會吾無賴他年倘相憶詠詩作意代

玉俞別後寄詩步其韻答之

寒雨霏霏送客行離思無計逐歸程難將臨別千行淚洗卻清愁萬斛生

良朋棄我不勝愁萬物春還心似秋思到無言欲誰訴強紓惆悵且登樓

冷香默默鬢如絲寒澈梅花月上遲此境孤清太寥廓天涯惟有玉俞知

玉俞學行本無倫那得雲山共隱身獨向冰天空徙倚書來風雪正懷人

用雨當軒贈友韻寄仲厚

男兒重然諾女子貴言行嗟哉吾與子栖栖何以鳴自我喪其偶已斷平生情邂逅忽逢君孤懷竟倒傾和歌聊自遣豈必他人驚湘水常潺湲琅山徒崢嶸縹緲飛楚雲飄搖連吳京時譽那足許眾毀烏可輕勁草戰疾風始識千秋名人生幸遭遇海

水何時平

況兒求學日本遇火傷足就醫滬上余視之又值其病今漸愈用汪生東韻示之

為汝重來復此城藥爐且喜病能輕悲涼無限華夷感辛苦難忘骨肉情碧樹毿毿風漾影秋光杲杲日舒晴可憐多少存亡慟淚灑江頭爽氣清

原韻贈吳芝瑛夫人

每惜孤懷未易輕空餘熱淚灑江城他年或踐西泠約今日毋忘海上情夾道電光能蔽月層樓秋氣倍迎晴與君同抱傷時感誰使神洲弊政清

和易孟嬍寄懷原韻 庚戌

髮白顏凋興會闌自憐短鬢吾空觀怯思往事增愁緒閲透人情覺世寒才乏良工徒琢玉香含美質獨輸蘭傳經深愧享名實放子春風任意看孟嫩現爲本邑教授

再疊韻寄懷仲厚

負病頹唐興久闌緘詩聊寄故人看一春苦雨妨花事竟日飄風入夢寒莫逆與君隔雲水孤懷遺我託幽蘭可憐別後多蕭瑟強作優遊自在觀

秋宵步月用段君屋奇韻卽贈

雲物淒涼不勝愁月華如水浸南樓臨風花影蕭疏動菁樹微螢黯淡流獨酒澆腸消塊壘清光滿眼注神州朋儕去住皆萍迹此夕秋宵其子留

題師曾夫婦合畫梅幅

且爲癯仙聊苦吟十年舊夢不堪尋清貧粱孟成眞隱合寫冰姿託素心

詠白荷華和葉孟青紅荷華原韻

華葉如來法界前華嚴經佛土生五色蓮花一世界一葉一如來一芬陀素質異凡姸佛書云芬陀利花白蓮花也優鉢羅花青蓮花也波頭羅花赤蓮花臨風玉立披涼月浥露珠搖龍翠煙入世應機知我晚出塵丰度讓君先可憐萬紫千紅態清淨終輸不語仙

和呂惠如落花詩原韻

觀空無相本來空紅雨繽紛浩劫中不遺香魂隨物化惟將豔質共春終生前逸氣同詞客身後丰神託畫工玉笛吹殘空悵

惘祇留清怨逐東風

校中避暑偶題二絕

火雲飄影漾方塘移榻迎涼入翠篁人靜長廊風拂袂蟬吟高樹趁斜陽

淸風一榻繞籧篨邃綠庭蕉自展舒最喜樂生明去就北窗熟讀報燕書

深秋散步虛廊獨對梅樹因憶春綺以其名梅未也適其書至喜而賦寄

見梅忽相憶樹下動遐思不語機先動開緘喜可知蟲寒噤餘響柳老颺疏絲病後欣能飯多君慰我饑

丙午年張嗇公召興女學於玆九載自慚學淺無補於敎育所幸前後諸生不乏美材今以老病乞休差慰歸歟之志再疊前韻以寫余懷

閒踏靑郊逸興生芳春花鳥動歸情但期桃李均成實莫遣桑榆殉薄名應世不才能獨去隱身有策可長行乘風暫買滄江櫂猿鶴溪山續舊盟

春季掃墓無限淒涼遙望通明宮復哭春綺

萍蹤何必能相聚影逐思潮去又來梅菊不期成復恨桑榆豈料賦重哀澌澌野水猶如昔嫋嫋垂楊仍舊栽慟悼斯人本如玉風飄霜鬢淚盈顋吾女名菊英而春綺名梅未

校中避暑戲用杜少陵夏夜歎原韻

憚暑盼日暝炎蒸炙我腸皓月漸東昇微風吹絺裳池水旱欲

涸火雲歛夕光長廊獨徘徊荷華静含涼四時有代謝寒暑循其常清輝本皎潔烏鵲空翱翔廣廈猶畏熱念彼戰邊疆豺狼擾秦晉出入互相望生靈苦塗炭逃竄無寧方幸我生南土遨遊全家鄉安得猛烈士同心矢奮揚掃清古國土吾民壽且康

立秋前夕遣興

一片梧桐月涼輝漸上樓高飛簷蝠疾暗度樹螢流蕭瑟憐衰病淒涼動舊愁砌蟲知節序啾唧滿庭秋

新秋寄懷易仲厚長沙

所思在長沙迢迢江海截悠然不相見展轉徒縕結別後幾變更執筆難陳說世情尚機巧何以辨優劣虛名誠足羨吾恥弄唇舌黃金本可珍吾不能腰折長袖雖善舞要必存大節毀譽

浙西徐氏校刻

那復論但求寸心潔平生歷哀傷雙鬢已如雪自憐亦自嗤謀生慚鶩拙感此懷故人心迹頗同轍憶昔我與君一見肝腸熱傾談斗室中古意兩奇絕眞率不隔胸友誼互磨切分袂六經秋何時共愉悅新知安足恃驗久知豹別我憑百無成子義追前哲仰視高秋爽星宿淩霄列涼風吹白雲纖月忽明滅秋荷馥方塘瀲灧波紋纈校舍獨俯仰砌草蟲鳴咽千里聊相慰緘詩寄披閱

質言留別諸生

碧樹陰翳長春去夏復至琴歌雜書聲孜孜勤苦意憶昔十年前壼教傷幽祕鄙人負微知此責焉忍避那揣新識淺承乏權造次教育吾豈敢提倡姑初試不得道大光勉强發眞粹訓練

慙不敏學術誠抱媿英英玉樹姿自是後來器君子默自修宗
旨向道義所以言行間淵冰惟恐墜小人懷嗜欲私心期干利
道德之蟊賊蠅營務朋比義利之分途堅貞唯尚志女子賦天
職功在家政備須知國之興實始家之治聖賢立明訓千秋不
能易良規萬世師遇事善引譬文藻固可珍大節尤當識國學
學之源經史必心醉所業貴有恆功成慎一簣寶此少年時學
行毋暴棄嗟余乏黠才但以愚誠致殷殷感諸君服從見眞摯
怡然無間言情好敦古誼幸造後起材足以爲吾嗣可以乞自
休老病不余畀努力各自勉莫灑臨歧淚豈不苦相戀學謝愁
汝蹟臨別餽勗辭聊爲諸生誌

孟魯見余質言泫然出涕性情眞摯見諸胸臆余惻焉心

感不可言狀賦此以答厚誼並示孟青

講席空懺已十年驪歌纔唱感悽然離情黯淡雲籠日懷抱澄
淸月在天脈脈露光花墮淚依依柳色草涵煙嗟余白首傷遲
暮敎育艱難君輩肩

呂惠如校長偕遊淸涼山登掃葉樓和其題壁原韻以贈

山光湖影接層巒高閣淸秋尚未寒今日勝遊君記取相逢莫
作等閒看
卅年三度白門過往事淒涼不忍歌劫後江山悲落葉新愁似
較舊愁多

爲熙伯族弟題遂園圖

山水淸暉相照明遂園風景眼中橫林花綽約秋容澹喬木蒼

涼舊感并古誼最憐敦友道殘年未死怯虛名一樽情話悲今
昔共愴神州幾變更

題巨農大叔書園讀碑圖

書園先生耽奇癖秦碑漢碣窮採摭籀文草隸雜紛紜伏案摩
抄遣朝夕異代衞管皆吾儕飛白鬱花懸素壁先生漢字追古
人乘醉揮毫更奇突巨金酬士不介懷樂道栖栖甘偃息室中
同志有賢偶舉案高風似陶翟論文研字盡宏儒逸興遄飛披
玉軸家徒四壁峭風肅賣字得錢償所欲先生於我爲族叔我
亦乘興造其屋欣然試出書園圖令我爲之題其幅清新盈紙
燦琳琅蒼翠參差繪松竹眼昏筆澁慚佳句雖屬塗鴉差免俗
聽公高詠對荒寒破曉朝陽昇遠木消寒九九待春歸花滿春
山春水綠

贈葉沛青

龍眠處子葉沛青三十求學心貞純志在教育十年事江湖奔
走勞風塵故鄉興業因公益頗助余力同艱辛忽然感觸躬耕
思試築幽棲作野人既令我羨復長嘯泡影之中參眾妙滄海
桑田易幾人祇餘日月常相照葉子孜孜遵嚴教買田十頃從
親好旱地木棉水田稻山可樵兮湖可釣行年四十到不惑危
世逃名何高蹈嗟余頭白悲身世雖結數椽媿年少栖栖平生
徒自苦辛養天眞藏寸耀蝸廬陋巷居人問祇餘冰月能同調

和二兄過皖見示原韻

異地疏相見迢迢雲水干到來憐客況別後惜時難淑氣生和

藹春風愼薄寒衰年無所囑希望祇懷寬

病中雜詠贈君幹沛青韞山秀芝諸子

歸來貧病徒相累藥物親調賴護持今喜一燈情話裏分明古誼寸心知

病久能教萬慮淸中庭古柏激風聲蕭蕭夜雨雞三唱頓覺淸涼透體生

秋盡江天木葉丹雁聲掠耳送輕寒是非毀譽都消寂漫詠新詩聊自寬

雨聲淅瀝夜如何默誦楞嚴解病魔臥對青燈人不寐一窗蕭瑟峭風多

有感示黃蔚青徐寓靜二生

江山雖好不勝愁草木凋零已送秋黯黯凍雲迷遠岫蕭蕭暮雨暗汀洲惟希舊德求根據愼向新知悟自由解放要當存所守莫因習俗逐潮流

己未三次至皖辦女子職業校舟過蕪湖與皖省第一女師範畢業生相遇賦贈

赭山埨下共經過浩浩長江感慨多喬木參天雲縹緲樓臺映水影嵯峨無窮學業希君輩已往淒涼逐逝波倚檻不禁淸淚落中原民氣竟如何

題蔣硯香夫人蘭花冊子

乍見香凝筆底姿冰華素葉動遐思勞塵媿我空蕭瑟廿載悽涼感昔時

德慧悠然林下風齊眉梁孟道和融老人性與幽蘭契每愛清
閑晝幾叢

和玉蕿遊栖雲寺原韻卽以贈別

艮會若行雲惟愁歲月侵看山須放眼對酒且開襟春好花明
院風和鳥樂林桃花千尺水難及別情深

贈余子玉昆仲

正喜新秋爽欣逢舊雨過庭花耀窗影山翠漾簾波學業慚吾
朽才華望子多離堂一樽酒惆悵聽驪歌

新秋寄懷呂惠如

忽觸遐思到白門新居秋菊茂籬根昔年教育成糟粕今日襟
期有道存明月桂華香小院金風楓葉粲江村嗟余與子同蕭
瑟世事惟餘慟淚痕

余至女師範校附屬小學避生日之煩囂適值遊藝會之
期孟青玉衡起予頌梅淨玉懋斐毓湖北强諸君編花
好月圓入詩坿會中表演以寓祝而數百學生無不歡
然鼓舞備極美滿之情復設宴稱觴余甚感焉嗟乎以
當今世風澆薄而本校師生獨尙敦厚古誼可爲德育
之模範矣余裝此六字賦詩以謝

師弟交逾骨肉中感情歡喜到兒童昔尸絳帳慙時雨今值新
潮有古風花好正如人意美月圓常與道心融華筵卮酒稱吾
壽吾壽諸君學業隆

病中不寐書感贈璞君

病久不成寐蟲吟不可聽牀前浸斜月窗隙耀明星欹處起危坐降心誦佛經自憐霜鬢滿獨對一燈青欹枕聽秋聲良宵萬籟清病思羣物態頓覺道心生菊影横虚幌桂馨飄短楹冥冥長夜裏哀樂慨生平碧樹滋涼露高秋有雁鳴井梧飄片葉庭桂落殘英世惡嗟吾道交深感友生經過憂患後始識故人情

于惠卿夫婦乞詩賦贈

冰天凝凍雲朝陽昇林木俯樂小庭幽仰視寒霜肅清似水仙王高如素秋菊盈窗晴日暖梅綻暗香馥于子遺我箋伉儷雙簡牘陳君倜儻資經濟擅文學于子學亦優温恭且慎淑乞詩伸雅誼紀念存諸櫝媿乏好文辭不足珍素簏回首廿年間厠身事教育無學致高明潮流更相逐鬱鬱美江山悽悽傷時局

獨與二三子師弟如冰玉相知憐衰朽道義逾骨肉慙我無以報但祝臻百福歲寒識後凋祇有松梅竹

杭州郎席贈女子職業學校余菊農以下教職員諸君

義俠千秋照膽臺清愁無限且銜杯萍踪共此湖山勝眼底中原事可哀

振興女業仗諸君衆志咸同善合羣衰朽自憐成放棄空餘薄醉對斜曛

山翠空濛欲染衣六橋煙水望依微高歌默識西泠景夕照蒼茫一櫂歸

環湖風月本無邊意愜朋儕不計年山好更兼人誼好客心欲去尚留連

忽憶（時在女師範校附屬小學即當日師範校舍也余長校十五年今去職三年矣）

風飄嫩綠柳絲斜魚泳方塘吹落花忽憶當年多少事由欄閒倚數歸鴉

遊鐘秀山贈北强玉衡

勝遊師弟共登樓滿眼風光正蓼秋聞道烽煙不可遏清愁詩思雨悠悠

水紋如珮月如弓小艇凌波趁好風蒼翠參天瞻古蹟龍鱗拳屈宋時松

差差碧水漾纖鱗芳樹森森麥壠新田舍農氓娛婦子閒愁不到草萊人

白首閒行古木陰堪嗟吾道久銷沈綺霞落日蒼茫裏倒影清溪一片金

贈楊令茀女士

詩畫清新楊令茀倦遊湖海到崇川江山有恨惟存淚歲月無情惜壯年漠漠花光朝帶雨澌澌水色暮含煙劇憐二十年前事話舊淒涼祗惘然（女士姊淸如女士廿年前曾過從吾校贈字數幅聞今已歿思之愴然故末句云爾）

贈張冰如

爲憐十七年前事今日相逢應舉杯瑟瑟秋風蟲語切茫茫原草雁聲哀新皈淨業期眞懺舊恨茭茭莫令來但得此心毋斁住青蓮逐處向君開

馬塘示鄧氏姪女小康

心清理澈樂情多參透菩提卻病魔但得汝心如海月人間何

事是風波

春日有感

燕子呢喃春日長花明小院競芬芳自嘗陋室慙吾德理達八天心境涼

閒思六十餘年事大半消磨憂患中多少存亡餘白髮且吟短句醉顏紅

次溪肇瓊兩公子皆以肇名為雙肇因緣圖徵題率成小詩以奉雅教

關雎賦好逑治齊於婚姻以其所關大實致家國寧萬福之造端豈可徒因循所以君子義綢繆重彝倫東莞張公子翩翩委出羣超然負所學慷慨薄世紛淑雅徐女士家學邃淵源椿萱

詩禮教貞靜胸無塵高行兩美合儒釋二難幷媿我窮且朽無由茲清芬嗟我范伯子抱道終其身徐公敦古誼辛勤刊遺文郵書徵其稿襄助賴吳君遂令千秋後斯文得以伸引領望雲天心香誌其仁二子成佳耦始介此緣因遙知北平雪雙肇樓中月雪月本雙清斯人更清絕庭梅含春意冷香猶寒澈唱和吟佳篇愔愔鳴琴瑟福慧宜室家相莊永愉悅共證眞空理菩提空是色我慙老不文因風陳臆說

蘊素軒詩稿卷第五

詞五首附

江南好 寄呈舅大人

思歸客䰟歲憶江南遙度高堂觀雪月翁孫煮酒對梅酣脈脈冷香含 橫醉眼千里費詳參隔巷柝聲寒不禁新詞須好未曾請妙旨試初探

青玉案 憶昔

閒來追想青山趣吟雪月餐風露水凍山凝雲滿路紅梅花下幽閒深處舊迹知何去 三年湖海慚虛譽往日溪山牘思慕邂逅洴橋權小駐半庭紅萼一天飛絮且覓消寒句

好事近 郎景

供養水仙花開到盈盈欲折一片歲寒清思共芳香幽絕 碧天雲淨雪初消又見風吹葉人意鐘聲俱遠有一輪冰月

蝶戀花 春日郊行東師曾

二月春郊風似翦晴日蒼茫光罩苔痕淺嫩柳初舒煙尚斂差差碧水紋如篆 隱約青山明黛巘草沒長隄漫踏芳塵輭[illegible]豔梅開香滿苑清輝斜映春雲展

望江南 秋宵望月

金風動涼露溼階墀逝起十年多少恨秋聲一片獨吟時去影拓尋思 清光皎明月浸高枝遙望碧天排雁字素娥青女鬥冰姿照我鬢如絲

图书在版编目(CIP)数据

范伯子先生全集/(清)范当世撰. —北京:中国书店,
2009.10
ISBN 978-7-80663-741-8

Ⅰ.范…　Ⅱ.范…　Ⅲ.范当世(1854~1905)-全集
Ⅳ.I214.92

中国版本图书馆 CIP 数据核字(2009)第 163874 号

ISBN 978-7-80663-741-8

中國書店藏版古籍叢刊　一函八册

范伯子先生全集

作者　清·范當世　撰
出版
發行　中國書店
地址　北京市西城區琉璃廠東街一一五號
郵編　一〇〇〇五〇
印刷　北京華藝齋古籍印務有限責任公司
版次　二〇一一年六月
書號　ISBN 978-7-80663-741-8
定價　三八〇〇元